とがりんぼう、ウフフっちゃ。

鈴木志郎康

書肆山田

目次——とがりんぼう、ウフフっちゃ。

とがりんぼう、ウフフっちゃ。

俺っち、三年続けて詩集を出すっすっす

俺っち、
ここに三年続けて、
詩集を出すっちゃ。
八十を過ぎても、
いっぱい
詩が書けたっちゃ。
俺っち
嬉しいっちゃ。
ウォッ、ホッホ、
ホッ、ホッ。

詩集って、
詩が印刷された
紙の束だっちゃ。
書物だっちゃ、
物だっちゃ。
物体だっちゃ。
欲望を掻き立てるっちゃ。
自分が書いた詩が
物になるっちゃ。
空気の振動が立ち昇ってくる
物体になるってこっちゃ。
手に取ると、
グッとくる。
ヤッタアとくる。
ああ、その達成感が、
堪らないっちゃ。

ウォッ、ホッホ、
ホッ、ホッ。

この詩集ちう物体は、
人の手に渡るっちゃ。
肝心要のこっちゃ。
詩を書いたご当人が
詩人と呼ばれる、
世の中の
主人公になるってこっちゃ。
ところがどっこい、
世の中の人は、
ヒーローとは認めてくれないっちゃ。
せいぜい、
認めてくれるのは
知人か友人か家族だけっちゃ。

それでも、
いいっちゃ。
この世に、
言葉が立ち昇る、
詩集ちう物体を、
残せるっちゃ。
この世には、
物体だけが、
残るっちゃ。
ウォッ、ホッホ、
ホッホ、ホッホ。

これって俺っちの最後の姿かって

立て掛けた杖が
キッチンのリノリュームの床に、
パチーンって
倒れた。
床にペタッと、
してた。
これって、
俺っちの
最後の姿かって、
つい思っちまったよ。
ホイチョッポ。

ここまで書いて、
翌日の夜中に、
キッチンと広間の境で、
杖投げ出すかっこで、
すっ転んじまったっす。
イテテって叫んで、
テレビを見てた、
息子の草多に
抱き起こされたっすね。
怪我はなかった。
麻理が脚をさすってくれたよ。
よかったですっす。
ホイチョッポ。
明るくなって、
庭に、

五月の風が流れ込んで、
若緑の葉が、
さわさわって揺れたよ。

俺っちはいい夢を見たっす

その女のひとは悩んでいたっす。
黙々と木を削って、
悩んでいたっす。
削った木のかけら
ことばにすれば、
木くずだっす。
ひとつひとつが違う木片、
それが木くずだっす。
ひとつひとつ、
その木くずを生かせないか、
どうすれば

捨てないですむか、
そのひとは悩んでいたっす、
俺っちの夢の中で。
いい夢を見たなあっす。
ハイチャンポ。
ポン。

そのひとのいる所に行ったっすは、
エレベーターの
隠された地下に行くボタンを押して、
扉が左右に開くと
広々と開けた地上だったっす。
驚いて降りると、
子どもたちが
土を掘ったり、
水を溜めたり、

地面を楽しんでいたっす。
そこでそのひとは
木を削っていたっす。
そうだったっす、
戻ろうと、
またエレベーターに乗ったっす。
そこで目がさめたっすね。
窓の外はもう明るくなっていたっす。
ハイチャンポ。
ポン。

ピカピカの薬缶の横っ腹に
俺っちの姿が映ったっすよね

トイレの帰り、
ガスコンロに乗った薬缶の横腹に、
俺っちの上半身裸の体が映ってたっすね。
思わず、俺っち、思ってしまったっす。
物に人が映るって、
物に人の影が残るって、
爆心地から260メートル離れた住友銀行広島支店の
入り口の階段に座ってた人の影[*1]、
ピカドンが残した影、
五十年前に広島に住んでて、
俺っち、その影を見たっちゃ。

いやあああ、あらゆる事物に、
俺っちは、
姿を映して、
影を残して、
生きて来たんだって、
ことでっすっすっす。

5月27日の夕方、
オバマ大統領の広島訪問の中継を見たっす。
ヘリコプターで広島の空から降りて、
市内を自動車で移動して、
平和公園に着いて、
原爆資料館を見て、
慰霊碑に花輪を捧げて、
目をつぶって、
そして

「71年前、明るく、雲一つない晴れ渡った朝、
死が空から降り、
世界が変わってしまいました。[*2]」
大統領の演説が始まったっす。
俺っち、あれれ、
原子爆弾を落として、
広島市民に死をもたらしたのは、
米国のＢ29エノラゲイじゃなかったのかいなって、
ぐっときたっす。
小学校３年生で、
東京の江東地区で、
Ｂ29の焼夷弾の絨毯爆撃の最中、
母親と逃げた俺っち、
叔父従兄弟従姉妹が焼死させられた俺っち、
死が降ってきたなんて、
そんなこと、
言われちゃ、

71年が過ぎたとはいえ、
謝れとは言わないが、
腑に落ちないってっちゃ。
広島市民だって、
そうじゃないかなって。
ウウン、グッグ、
ウウン、グッグ。

オバマ大統領の演説は、
聞いてると、
被爆した人たちの立場に、
立つために広島に来たと言ってるっちゃ。
だから、死が降ってきたってこっちゃ。
文学的だっちゃ。
ウウン、グッグ。
「核攻撃の承認に使う機密装置を持った軍人も同行させて[*3]」

平和公園に、
核兵器の無い世界を追求する思いで、
来たっていうこっちゃ。
慰霊碑の石碑前面の言葉の、
「安らかに眠って下さい 過ちは 繰返しませぬから」
この言葉の主語になるために、
「私の国のように核を保有する国々は、
恐怖の論理にとらわれず、
核兵器なき世界を追求する勇気を
持たなければなりません。[*2]」
と言うこっちゃ。
米国が持ってる数千発の核兵器を
即座には捨てられないんだなっちゃ。
思いとかけ離れてて、
結構、辛いのかもしれんっちゃ。
言葉だけに終わらせないでくれっちゃ。
ウウン、グッグ、

ウウン、グッグ。

核攻撃の承認の機密装置を
傍らに、理想を語る
大統領という役職の
男の存在に、
あの目を瞑った顔のアップに、
俺っち、
ちょっとばかり、
ぐっときちゃったね。
ウウン、グッグ、
ウウン、グッグ。

俺っち、薬缶をピカピカに、
ピカピカに、

磨いたっす。
毎朝、紅茶を沸かしてる
ピカピカの
薬缶の横っ腹に、
キッチンに立ってる
俺っちの
姿が映ったっすっすっす。

＊1　広島原爆資料館の展示
http://hpmmuseum.jp/
http://www.pcf.city.hiroshima.jp/outline/index.php?l=J&id=31
＊2　朝日新聞２０１６年５月28日朝刊
＊3　朝日新聞２０１６年５月31日朝刊

雑草詩って、俺っちの感想なん

これは、
俺っちの感想なん。
新詩集
『化石詩人は御免だぜ、でも言葉は。』の
横に書いた詩が、
縦に印刷されてきた
校正刷りを、
二回読んだ感想なん。
日頃のことが
ごじょごじょっと書かれた
俺っちの
詩の行が縦に並んでるじゃん、

こりゃ、
雑草が生えてるんじゃん、
ページをめくると、
また、雑草、
また、雑草、
引っこ抜いても、
抜いても抜いても生えてくる
雑草じゃん。
俺っちが書く詩は、
雑草詩じゃん。
じゃん、じゃん。

いいぞ、
雑草詩。
こりゃ、
俺っちにしては

すっ晴らしい思いつきだぜ。
踏まれても、
引き抜かれても、
生えてくる
雑草。
貶されても、
無視されても、
どんどん、
どんどん、
書いちゃう
雑草詩。
いいじゃん、
いいじゃん、
じゃん、じゃん
ぽん。

今朝も、
ようやく明るんできた
窓の外。
梅雨時の雲が垂れ込めた
朝方、
書く言葉が見つからないで、
仕事部屋への階段を、
杖を片手に降りて行く。
雑草詩なんちゃって、
かっこつけ過ぎじゃん。
なんか悩ましいじゃん、
なんか悔しいじゃん、
なんかこん畜生じゃん、
ああ、
世間が遠いっじゃん。
じゃん、じゃん。
ぽん。

それならいっそ足を食っちまいなって

それならいっそ
右足を切って食っちまったらどうかね。
ウッワハッハ、ワハハ
またひとり、
成功したら論文に書かせてもらうよ。
ウッワハッハ、ワハハ。
なんという医者どもだ。
蛸じゃあるまいし、
そう思っても、
患者の俺っちはひたすら拝聴。
脳内は蛸足配線、

こん畜生ッ。
ハッと目が覚めた。

真夜中の二時、
二本杖でよろよろと
ベッドから
立ち上がって、
トイレに行く。

四時過ぎに目覚めて、
よろよろと
テーブルの椅子に座って、
明るくなって行く、
庭の
アジサイの花たちを見る。

思いを、
抑えよ。

二十年前に書いた詩が一つ見つかったっちゃ

詩って、
読むだけなら、
ただじゃんか。
ただ書くだけなら、
無料ね。
ただ読むだけなら、
無料ね。
お金では計られないっちゃ。

詩人のさとう三千魚さんが

運営してる
Web詩誌の「浜風文庫」じゃ、
幾ら読んでも、
無料だっちゃ。

俺っち、
その無料ってことを
二十年前に詩に書いていたっちゃ。
これって、
俺っちが
ほんとに書いたのかいなって、
驚き。
まっ、それを
なんとか生かしたいってんで、
この詩、
ここに書き写しちゃおうっと。

「浜風文庫」に、
発表しちゃおうっと。
ぶぶん、じゃんじゃん。

今日からは
あらゆるものがタダという
日が来た、って
書き始められてるっちゃ。
ぶぶん、じゃんじゃん。

パン屋では
店に置かれているパンは
すべてただ
つまり、
お金を払わないで持っていって

もいい
八百屋でも
キュウリ、トマト、レタス
みんなただ
スーパーにも
品物がいっぱいあって
ぜえーんぶただ
欲しいだけ持っていっていい
16ミリフィルムも
ただだし
カメラもただ
現像もただだから
映画もすきにできる

店の人たちは
持っていかれれば

いかれるほど
喜んでいる

電車もただだから
好きなところへ行ける
ただの温泉旅行に
行って
ゆっくりと

勤めの人たちは
給料はもらえないが
仕事を面白がって
やっている

工場は
ただで資材を持ってこられて
製品をどんどん作っている

ただの温泉旅館で
ゆっくりと
湯につかっている人もいる

なにしろ
今日から
あらゆるものが
ただなのだ

ってね。

これって、
お金、お金で
生きてる社会の否定じゃんか。
ぶぶん、じゃんじゃん。
パン屋さん、ニコニコ、
八百屋さん、ニコニコ、
スーパーの人、ニコニコ、
主婦たち、ニコニコ、
子どもも、ニコニコ、
勤め人さんたち、ニコニコ、
いいじゃんか。
ぶぶん、じゃんじゃん。

ここでちょっと書き足して置こうっちゃ。
お金がないから、
お金を貯めるってことも

できないっちゃ。

俺っちって、
なに考えてたんだ。
忘れちゃったよ。
なんで発表しなかったんだろ。
わからないっちゃ。
いつ書かれたのか、
やぶかれたノートの切れ端には、
「窓辺の構造体」ってメモがあるから、
そのタイトルの詩が「ユリイカ」に発表された
1996年9月以後の
この詩の冒頭の「10/15」ってことは、
10月15日に書かれたんだ。
二十年前だっちゃ。
忘れちまって、

わからない。
ぶぶん、じゃんじゃん。

なんでこの詩を書いたかも
忘れちゃったけど、
ふと、ため息吐くときの思いっちゃ。
詩人のため息っちゃ。
まあ、面白い。
ぶぶん、じゃんじゃん。
ぶぶん、じゃんじゃん。

そう言えば、
俺っちって、
詩って、
どんどん書いて、

どんどん忘れるってこっちゃ。
ぶぶん、じゃんじゃん。
ぶぶん、じゃんじゃん。

＊この詩が見つかったいきさつ。破かれたノートの切れ端に書かれていた。そのノートはちょっとメモ書きして、放り出してあった。そのノートを、麻理が病気上がりの猫が食べた餌の量を記録するのに使うと言うので、メモの初めの12ページを切り取った。そこに書かれていた、発表されたこともなく、捨てられるかもしれなかった詩だ。このノートの切れ端の初めのところに「窓辺の構造体」「窓辺の構造体」というメモがあるので、この詩が書かれたのは、おそらく「窓辺の構造体」が１９９６年9月に書かれた後で、詩の頭に10/15とあるからその年の10月15日に書かれたと思える。

糞詰まりから脱却できて青空や

俺っち、
腰を痛めちまってさあ、
寝返りするにも、
アイタタ、
起き上がるには、
上半身横にすると、
腰に力が入って、
アイタタ、アイタタ、
電撃の痛みが背中から
全身に走るっちゃ。
そこで、

息を詰めて、
両手で支えを摑んで、
エイ、やあー
イテテ、イテテ、
ベッドから立って、
二本杖で身体を支えるっちゃ。
そしてトイレに行くが、
腰が痛くて踏ん張れないから、
糞が出ないっちゃ。
それで糞がたまっちまって、
どうにもこうにも糞が出ない。
糞詰まりってこっちゃあ。
先週の土曜に、
とうとう電話して、
訪問看護師さんに来てもらって、
固くなっちまった糞を掻き出してもらったっちゃ。
俺っちは横になってるから、

彼女の手元は見えなかったけど、
白いゴム手袋をした手の指が肛門から差し込まれ、
指の先が固い糞の固まりに届いたっちゃ、
おお、届いた、
俺っち、感じてしまったっちゃ。
「息張ってください」
の声に、
俺っちは息張ったが、
くそ、糞が出ないっちゃあ。
固くなっちまって、
出ないっちゃあ。
ふっふう、ふうう、ふう。
「浣腸を入れて、座薬で溶かしましょう」
って言う声で、
浣腸が注入され座薬が挿入され、
数分待って、「さあ、息張ってください」
の掛け声で、

俺っち、下腹に力を入れたっちゃ。
指が挿入されて、
糞をたぐって、
糞の固まりを指先でつかまえて、
ようやくのことで、
詰まった糞が掻き出されたっちゃ。
ふっふう、ふうう、ふう。
気持ちが晴れたっちゃ。
腰はイテテでも、
青空や。
看護師さん、ありがとうっちゃ。
ありがとうっちゃ。

八十年生きてて、
糞詰まりを掻き出してもらったっちゃ、
初めての経験だっちゃ。

俺っち、
こんな詩を書いちまったぜ。
シャラリン、ボン。

木の魚眼写真をいつも見ているっちゃ

一本の木の円形の魚眼写真。
大きく引き伸ばされた魚眼写真。
百八十度の視野の中に、
葉をすっかり落とした
孤立した太い幹の魚眼写真。
太い幹がずっしりと立っている。
部屋の一隅に立てかけられてる魚眼写真。
小さく俺っちの影が写り込んでる。
俺っちが撮った魚眼写真。
太い裸の幹に惹きつけられて、
フィルムを詰めたカメラの、

魚眼レンズのファインダーを覗いて、
指に軽く力を入れて、パシャって、
シャッターを押して撮った魚眼写真。
一本の裸の太い幹の木の魚眼写真。
部屋の中に持ち込んだ魚眼写真。
気に入った写真。
ベッドから身を起こすたびに、
必ず眼に入る。
起きると、俺っちはいつも見てしまう。
だが、何処で撮ったか忘れちまったよ。
この写真を撮った時には、
俺っちは、
あの時、あの木の前にいたんだ。
あの俺っちと、
いま、ベッドで起き上がって、
腰の激痛を堪える俺っちとは、
まるで別の人だっちゃ。

ああ、別人だっちゃ。
ああ、希薄な俺っち。
ああ、充実のイメージの木の幹。
もうフィルムもなくなっちゃったな。
カメラも魚眼レンズも使えなくなったっちゃ。
ああ、俺っちは、
もう、別人だっちゃ。
ああ、希薄な俺っち。
ああ、充実のイメージの木の幹。
あの木はまだあそこにあるのか。

俺っち束ねられちゃあかなわねえ

束ねられるっていやだねえ。
俺っち、
高齢な身体障害者よ。
役に立たねえって、
十把一絡げにされちゃ、
かなわねえ。
役立たずの
日本国民って束ねられると、
おお嫌だ。
役に立つ日本国民が
束になってかかって行く、

なんて、
俺っちは御免だぜ。
なんにしたって、
高齢者って、
身体障害者って、
人間を束ねるってのがいやなんだ。
人を束ねて見ちゃいけねって思ったね。
束ねると、
レッテルを貼り付けて、
役に立たねえとか、
敵とか味方とか、
決めつけちゃう。
そいつが良くねえんだ。
高齢者って束ねられたって、
障害者って束ねられたって、
国民って束ねられたって、
役に立とうが立つまいが、

ひとりはひとりよ。
ひとりは弱いって、
弱くて結構よ。
俺っちの人生は全うしなきゃね。
でもね、
闘って勝つには、
束になって向かって行かなきゃなんねってね。
おお嫌だ。
国民って束ねられたら、
たまらないね。
一丸になれってきたら、
糞喰らえ、
アワワ、アワワ、
アワアワンズッテーン。

重い思い　その一

重い
思い。

重い思いが、
俺っちの
心に
覆い被さって来る。

晩秋の陽射しが

部屋の奥まで射し込んでいる。
な。
脳髄の中に、
からだがゆっくりと沈んで行く。
な。

な。

おおい、
おおい。

重い思い　その二

重い思いが、
俺っちの
心に、
覆い被さって来るっちゃ。

ベッドに寝そべって、
テレビのワイドショーで
小池劇場を追っかけて、
三つ目の飴を口に入れると、
麻理から
「太るわよぉ」
って言われて、

口をもぐもぐちゃ。

そこでよ、
重い思いが、
俺っちの
心に
覆い被さって来るっちゃ。

もう詩なんか、
書かなくても、
いいんじゃないかいね。
いやいや、
まだまだ書きますっちゃ。
詩を書く以外に、
嬉しいことが

ないっちゃ。
まだまだ詩を書きますっちゃ。

年金が支給される身で、
腰が痛くて、
ベッドに、
横になって、
テレビの、
ニュースショーを、
ずっと、
見てる。
テレビの中に
時間が進んでるっちゃ。

豊洲市場の地下空間が発覚した。

盛り土されなかった地下空間、
女知事は、
それを決めた責任者たちを、
処分しちまったよ。

この秋は、
テレビの中の
小池劇場追っかけだったね。
俺っちの
心に
重い思いが
覆い被さって来るっちゃ。
ちゃ。
ちゃ。

二〇一六年の
十二月三十一日も
もう数時間で終わるっちゃ。

重い思い　その三

重い
思い。

重い思いが、
俺っちの
心に
覆い被さって来る。

ドラムカン

あれれ、
空のドラムカン。
空のドラムカンが横積みにうず高く積み上げられてる。
空のドラムカンが転がされてる。
ドラムカンが転がされてる。
あれれ。

ごとごろん
ごとごろん、ごとごとごろん。

重い思いっちゃ。

重い思い　その四

重い
思い。

重い思いが、
俺っちの
心に
覆い被さって来る。

今、この部屋に、
俺っちと麻理とふたり
ベッドを並べて寝てるっちゃ。

共に病気を抱えてね。
「ふたりのどっちが、
先に、
死ぬんだろうね」って、
眠る前に話したっちゃ。
俺っちが残っちまったら、
悲しくて寂しくて、
いやだね。
俺っちが、
先に死んだら、
麻理、どうする。
麻理がこの部屋で
ひとりで、生きてる。
その姿は、
ああ、交流の場の「うえはらんど」から
ああ、
戻っても、

いるはずの俺っちはいない。
「ああ、疲れた」って、
麻理は
ベッドに潜り込んでしまう。
リアル過ぎるよね。

俺っち、口を大きく開けて
息をめいっぱいに吸って
お腹に力を入れて、
オォオォオォー
って、叫んじゃった。

重い
思いっちゃ。
な、

な、
な。

重い思い　その五

重い
思い。

重い思いが、
俺っちの
心に
覆い被さって来るっちゃ。

世界の重みか、

それとも
俺っちの一人ってことの重みか。

世界はつるーんと軽いっちゃ。
俺っちに取っちゃ、
テレビの画面は
スイッチ切れば、
すぐ忘れる。
新聞の活字は、
もっと速く、
新聞紙のちり紙交換で
すぐ忘れる。
つるるーん、
軽い、
軽い
世界は軽いっちゃ。

と言って、
俺っち、
まともに生きてるっちゃ。

ここんところ、毎日
朝早くから夜まで、
ベッドに身を伸ばして、
テレビ、シンブン、
シンブン、テレビ。
テレビの画面の中の
口を尖らせて話してる
映像のアメリカ次期大統領のドナルド・トランプさん。
腰の辺りで拍手して、
アメリカファーストを唱えながらも、
破廉恥情報をロシアに握られてても、[*1]
世界中をかき回してるけんどよ。

ツルー、ツルーリって、
イメージだけの人間なんて、
俺っちにゃ、軽いっちゃ。
アベノミクスで
早口で国民を煙に巻いて
やたら外国の大統領を訪ね飛び回ってる
映像の日本の総理大臣の安倍晋三さんも、
画面を滑って、
ツルー、ツルーリ、
軽いっちゃ。
都民ファーストで東京大改革を唱えて、
人気を煽り、
新党結成で気をもたせて
都議会選挙で自民に勝とうとしてるが、
豊洲市場地下水に基準値79倍の有害物質が検出されて、[*2]
それを逆手の、
映像の都知事の小池百合子さんも

ツルー、ツルーリ、
軽いっちゃ。
軽いけれども、
映像たちのドラマチックな盛り上げに、
気になって見ちゃう。
それぞれ道で会っても、
俺っち、知らん顔ってこと。
俺っちには関係ない関係じゃん。
彼らと関係するのは、
まっぴらっちゃ。
権力者は嫌いだっちゃ。
俺っちは自由と人権に甘えて、
そうそう無責任に生きてるっちゃ。
こちらはこちらで、
ツルー、ツルーリ。
虚像が虚像に重ねられて、
のんびり閑としてて、

これでいいんかいなだっちゃ。
重く重くのしかかってくるっちゃ。
これがつるーんとした歴史かいな。
ベッドに身伸ばした
俺っちにとっての歴史かいなっちゃ。
世界の軽みがずしーんと重いっちゃ。
軽みが重いのね。
これがやっとってとこっちゃ。
はい、ご苦労さん。
ウンバラバッチャ、
ホイのホイ。

テレビの中で
軽く盛り上がってる
芸人さんたち、
毎日、同じ顔ぶれで、

嫌になるっちゃ。
でも、必死の形相にも、
見えるっちゃ。
軽みをもっと盛り上げろっちゃ。
重い重いっちゃ。

自動車事故で人を殺してしまった
七十過ぎの爺さんも、
重いなあ。
また、アクセルとブレーキの踏み間違えっちゃ。
調理番組はつい見ちゃうっちゃ。
野菜が切られ、
肉が切られ、
炒められ、
味付けされ、
皿にもられ、

作ったご当人たちが
頬張ってるっちゃ。
食べてるっちゃ。
頷いてるっちゃ。
笑ってるっちゃ。

で、
ここまで生きて来た
俺っちの人生って、何じゃい、
その重みって、何じゃい。
八十年も生きて来ちゃったってねえ。
身体を背負った
時間の重みってことかいな。
年齢を鼻に掛けるな。
ふん、
長く生きて来たからって、

何じゃい。
そばに麻理がいるから、
まあいいけど、
空っぽっちゃ。
その空っぽが重みっちゃ。
空っぽがいいんじゃ。
衆議院議員の小泉進次郎さんが
「人生100年時代」の
社会保障改革案ってのを
提言したってさ。*3
ツルー、ツルー、ツルーリン。
重い
思い。

重い思いが、
俺っちの

心に
覆い被さって来るっちゃ。

ああ、あっ。
つまらん詩を書いちゃったなあ。
読んでくださった方々に
申し訳ないっちゃ。
抜けろっちゃ。

重い
思い。
な。

便秘が

ひどくってさあ、
便秘薬の
マシンガン
じゃなかった
麻子仁丸で
何とか
ウンコ出してるっちゃ。
ワッハッハッ、
ハハハ、
ハハハ、
ハハハ。

＊1、2　朝日新聞2017年1月15日朝刊
＊3　朝日新聞2017年1月17日朝刊

重い思い　その六

重い
思い。

重い思いが、
俺っちの
心に
覆い被さって来るっちゃ。

明け方、お腹が空いて、

ベッドで、
ガサガサ、
ガサガサガって、
紙袋をまさぐって
芋けんぴを
口に入れてると、
美味しい。
と、
隣のベッドで、
麻理が、
「うるせい」って、
目を覚ましてしまったっちゃ、
「ほんと、うるせい存在ね。
でも無くてはならない存在なのよね」
って、言うんだけんどもよ、
夜明けの薄明かりの中で、
存在って、

いつかは無くなるときが来るもんじゃあって、
思ったたっちゃ。
うーん、
富士山の存在とか、
天皇の存在とか、
どうしようもねえなぁ。
かなわねえなぁ。
無くなんねぇよ。
俺っちは、
にっぽんに生まれちまってさ、
にほん語を話し、
にほん語で詩を書く、
にっぽんじんなんじゃあね。
そこで、
「霊峰なる富士山の存在は永遠なりぃー。」
「千代に八千代にぃー。」
って声が迫って来るっちゃ。

永遠かぁ、
永遠ね。
俺っちは、
自分、
存在って言えっちゃ、
やがてはいなくなるんじゃあね。
俺っちは消失するまで、
この一個の身体を生き抜くぞぉ。
と言って、
九十まで生きられるか。
ギーッギエンギエン、
ギーギーギエンギエン、
プーポイ、
プーポイポー。

芋けんぴポリポリって、

書き始めたら、
富士山が出てきちゃってさ、
変な詩になっちゃったね。

まあまあ、
俺っちは、
尽きる命の一個の身体よ。
百までは無理でも、
この一個の身体を生き抜くぞぉ。
麻理も長生きしてね。

八十も過ぎれば、
同世代の知人が、
もう何人もいなくなってる。
寂しいね。

これも、
重い
思い。

俺っちは一個の身体を生き抜くぞぉって、
極私的人生ってわけかい。
またそれかよって、
言わないでよ。

今日はうんこが三回出たよ、
麻子仁丸の効き目かな。
ポイ、ポイ。

一月二十八日の室内温度が十八度、

アマリリスの蕾が花被の中で成長してるっちゃ。
花が咲いて枯れ切るまで、
Facebookにその写真を投稿したっちゃ。

テーブルの上にある芋けんぴに、
つい手が出てしまい詩を書きながらポリポリ、美味いなあ。
これで太っちまって、
以後、炭水化物は禁止となったっちゃ。

アンドロイド研究家はテレビの中で言った。
人間らしさの存在感を出す細部を実現するのが難しい。
人間らしさの存在感だってさ。
いいこと言うねえ。
ヒョードロ、ヒョー。

人の振る舞いってのが見えなくなっちまった。
もう十年もしょっちゅう会ってる奴がいないのが寂しい。

豹柄衣装のピコ太郎が現れたっちゃ。
PPAP現象はバイラルコミュニケーションの爆発だっちゃ。
ペン、パイナップル、
アップル、ペン、
ウッーン。
俺っちって、ただテレビ見てるだけ、
不活性ウイルスってこっちゃ。*

俺っちって、目が覚めてるあいだは意識して、
いま何時、いま何時って、時計を見たりテレビを見たり。

夕飯で餃子六個とミニトマトハンバーグ四個食っちゃった。
味噌汁も大麦入りの麦芽ごはんも美味しかったね。

ここらで、
軽い言葉で、
思いも軽く、
楽しんで、
タッタッラッタァ、
タラッタッタァ、
トットットッ、
トットットッ、
トットットッ、
トッ。

おっと、危ない、
転ばないでね。
二本の杖をしっかり、
突いてね。

＊　ウイルスのように口コミで伝わって行くコミュニケーション。

赤いセーターを着て詩を書いちゃったよ

セーターを着るたびに、
一瞬の闇を潜り抜けるっちゃ。
顔を出すと、
そこは
相変わらずの、
俺っちの部屋。
赤いセーターの裾を下ろすと、
セーターの中の闇に包まれて、
からだが温もったね。
テーブルの上のiPadに向って、
詩を書くね、

詩が書けるよ。
赤いセーターを着て詩を書くっちゃ。
嬉しいっちゃ。
ラ、ラ、ラ、
ラン、ラ、ラン。
家の狭い庭に
北風が吹き込んでくるっちゃ。
ここんところ、
そんな毎日だっちゃ。

濃紺のセーターの闇はね、濃かったっちゃ

みなさんはそれぞれ、
異なった日々を過ごしているんだよね。
俺っちはこの冬、
セーターを着て過ごしているっちゃ。

今日はね。
濃紺のセーターを着たってわけっちゃ。
左の厚ぼったい袖に左手を通し、
右の厚ぼったい袖に右手を通し、
もこもこの毛編みの中に、

頭を潜らせたっちゃ。
グウーン、
潜り抜けた一瞬の闇は、
濃かったっちゃ。
赤いセーターとは違うのよ。
濃い闇だっちゃ。
顔を出したら、
いつもの俺っちの部屋だったが、
眺めがちょっとだけ
違っていたっちゃ。
違っていたっちゃ。
ズンズン、
グウーン、
グウーン。

この違いはなんじゃあね。

ああ、普段はそれが見えないっちゃ。
そうして一瞬一日と年を重ねちゃった。
ズンズン、
グウーン、
グウーン。

俺っちの「ププア詩」が学術論文に引用されちまったよ

おどろいた、
おどろいた。
へえ、そんなことあるのって、
おどろいた。
成城大学教授の高名康文さんの
フランス文学の
学術論文に、
俺っちが昔書いた
ププア詩が引用されているっちゃっ。
驚きだっちゃ。

教授の高名康文さんから、
論文が掲載された
東京大学仏語仏文学研究会の
「仏語仏文学研究」第49号の抜刷が、
俺っちのところに送られて来たっちゃ。
フランス中世の旅芸人詩人の
「リュトブフの仮構された『私』によるパリ」。
ぱらぱらっと開いて、
青い付箋のページを見ると、
俺っちの昔の詩「続私小説的プアプア」が引用されていたっちゃ。
おどろいたね。
おどろいたっちゃ。
フランス文学の学術論文ですよ。
ハハハ、
学術論文ですよ。

フランスの中世の詩と
日本の現代の俺っちの詩を
高名康文さんが結んでくれたってわけさ。
嬉しいね。
ウッフフ、
それがさ、
結ばれたってところってのが、
ちょっとややこしい。
詩作の上で、
「私」って存在が、
増殖し、交換可能になるって、
そこを、
高名さんは読み取ってくれたってわけさ。

リュトブフっていう詩人は

「シャンパーニュ地方から」
「評価と名誉を追い求め」
パリに学びにきた学生だったが、
「不幸に関する詩」では、
「おのれを結婚や賭博でしくじった
愚か者として、
その失敗を面白おかしく」
語ってるってこっちゃ。
そのおのれを語るってところで、
リュトブフは
「私」っていう存在を、
仮構してるって、
高名教授は考察してるっちゃ。
それで、
その「私」が
増殖し、
交換可能になるってこっちゃ、

こっちゃ、こっちゃ。
どういうことなんじゃ。

彼の「冬の骰子賭博」って詩には、
「賭け金を作るために、
服を質に出してしまって、
裸同然で過ごしている」
憐れな自分のことを書いてるってこっちゃ。

「神は私にはほどよく季節を恵んで下さる。
夏には黒い蠅が私を刺し、
冬には白い蠅〔=雪〕が私を刺す。」

先ず、ここには
自虐的に語られた

「私」がいる、
ところが、その後、
「骰子の誘惑に耳を貸す者は
愚か者であるという一般論が、
主語を三人称にして
展開されている。」ってことで、
つまり、
「私」が
三人称に置き換えられたってわけじゃ。
そして更に、
「二人称の相手に対して、
<毛織物屋でツケが効かないのなら、
両替商に行って素寒貧だと言ってみろ、
信用貸ししてもらえたらいいね。>と、
『おまえ』の
愚かさをからかっている。
ここでの『私』は『彼』、『おまえ』と

交換可能な存在になっているということである。」
というこっちゃ。
こっちゃ、こっちゃ。

ここでの、
その「私」の
「あり方は、
1960年代の日本の
現代詩、たとえば、
鈴木志郎康の
『プアプア詩』を
連想させる。」
となって、
「続私小説的プアプア」
の引用になるってわけさ。

「走れプアプアよ
純粋もも色の足のうらをひるがえせ
今夜十一時森川商店の前を歩いていると
妻と私とプアプアの関係が今夜のテーマになった
妻は私ではなく私は妻でありプアプアでありプアプアは妻であり妻はプアプアではない
妻は靴を買いプアプアは靴をぬぎ妻は大陰唇小陰唇に錠を下ろしてキョトキョトキョトキョトキョトと大気を盗んで駆け込むのにプアプアは開かれたノートブックの白いパラパラ」

わあ、懐かしい。
プアプア詩にお目にかかるのは、
いや、まったく、
久しぶりざんすねえ。
確かに、

「私」が妻になったりプアプアになったりで、
「私」が増殖しているっちゃ。
この「私」ってのが詩法を求めて身悶える厄介な奴なのさ。
その「私」が詩にすがりついて、
エロスと生命力を求めて、
妻やプアプアになり変わろうとして、
失敗したってわけじゃ。

失敗、
失敗、
失敗。
人生の失敗を語ったリュトブフと
詩作の失敗を書き連ねる俺っちが、
バッサリと重なっちゃったってわけっちゃ。
失敗を切り抜けようと、
つぎつきと詩を書き、

「私」を語って、
「私」を増殖させてるってこっちゃ。
俺っちは、
ウッ、ウッ、マア。
そんで生き延びて来たってわけさ。
ワッ、ハッ、ハッ、
ハハハ、
ハハハ、
ハハハ。

＊　括弧「　」内引用は高名論文による。

俺っち、気持ちが先走ってるっちゃ

俺っち、
こんちきしょうだっちゃ。
二本の杖がなけりゃ歩けないっちゃ。
どうもならんちゃ。
でも、歩けることは歩けるんだから、
ふらふら歩きでも、
せいぜい歩かなきゃね。

俺っち、
こんちきしょうだっちゃ。

歩いてますよ。
二本の杖をしっかり突いて、
部屋の中を
ふらふら、
ぐるぐる、
ふらふら、
ぐるぐる、
七回回ったっちゃ。
寝たきりになっちゃかなわねえよ。
でも、杖に力が入って、
肩がこるねえ。

それでもさ、
俺っちは、
こんちきしょうだっちゃ。
椅子から立ち上がったら、

両方の太ももが、
いてて、
いてて、
いててで、
しばらく足元を見て、
立ったままよ。

俺っち、
こんちきしょうだっちゃ。
便秘で糞詰まりになるのをおそれて、
毎晩アローゼン一gを呑んでるっちゃ。
こんちきしょうだっちゃ。
明くる日、
少しづつ出るうんこのために、
五回もトイレに行くっちゃ。
詩を書いちゃ、

うんこ、
詩を書いちゃ、
うんこ。
ハハハ、
ハハハ、
ハハハ。

春一番が吹いたっちゃ。
俺っち、
元気が出て来たっちゃ。
気持ちが先走ってるっちゃ。
身体がまだまだ動かせないので、
めっちゃくっちゃ詩を
書きたくなったっちゃ。
めっちゃくっちゃな詩、
めっちゃくっちゃな詩。

へへ、
へへへ。

俺っち、
こんちきしょうだっちゃ。
テレビから目が離せなくなっちまったよ。
テレビはこのところ、
二〇一七年二月半ばから毎日、
北朝鮮の金正恩朝鮮労働党委員長の異母兄の、
金正男（キムジョンナム）って人の殺害で
その謎を追って騒いでるっちゃ。
クアラルンプールの空港で、
金正男さんが女に後ろから抱きつかれて、
顔に猛毒ＶＸを塗りつけられて、
殺されちまったよ。
北朝鮮の仕業だってさ。

その北朝鮮をテロ支援国家だと決めて、
核・ミサイル保有に対向して、
アメリカさんが、戦争なんか
仕掛けないでくれよっちゃ。
こんちきしょうだっちゃ。
俺っちの妄想だっちゃ。
でも、でも、
ホワイトハウスに戦略家の軍人を引き入れた
トランプ大統領はわからんぞ。
安倍晋三総理が引き込まれたりしたら、
かなわんぞ、
かなわんぞ。
こんちきしょうだっちゃ。
凡ゆる殺人行為ってのが、
この世から無くなってほしいっちゃ。
みんな大切な身体で生きてるんっちゃ。
うーん、

ふう。

俺っち、
こんちきしょうだっちゃ。
こんちきしょうだっちゃ。
まだまだ、
めっちゃくっちゃな詩を、
書きたいっちゃ。
詩作依存症になっちまったよ。
だけんど、
この詩は、
これで終わりっちゃ。
めっちゃくっちゃ、
めっちゃくっちゃ。
目茶苦茶、
へへ、

お茶にしようっちゃ。
牛蒡茶は美味しいよ。

夜中のつぶやき詩を書いてやるっちゃ

俺っち、
息をしてるっちゃっ、って。
夜中に目が覚めちまってね。
変な夢っちゃ。
俺っち、
ごろんと小肥りの
体軀だっちゃ。
ほっ、
生きてるっちゃ。

部屋の薄明かりに、
あと何年生きるのかねえ。
今日また右太ももを痛めちゃってさ。
二本杖でも歩けないっちゃ。
八十一年と十ヶ月生きたなあ、
同じ思いっちゃ。
テーブルの上には
一つ灯りが点いてるっちゃ。
まだまだ、
小肥りで、
詩を書くっちゃ、ってね、
思って、また眠ったね。

夜が明けてみれば、
夜中の、
部屋の薄明かり、

なんて当てにならない。
小肥りっちゃ。
ウッヒョッヒョ、ヒィー、アハハ。
また、これ。
いや、それ。
これ、これ、それ、それ。

長い柄のハンマーを空想してゾクゾク

ハンマー、
ハンマー、
ハンマー、
柄の長いハンマー。
それで、
人の頭を、
前からでも後ろからでも、
力いっぱい、
ぶん殴れば、
人の頭蓋骨は破壊されて、
死ぬに決まってるっちゃ。

柄の長いハンマー、
思っただけで、
身がゾクゾク。

人を殺すっちゃってこと。
地球上じゃ、
毎時毎秒、
焦眉の至る所で、
人は殺されてるっちゃ。
昨日ロンドンでテロリストに、
四人の人が車で轢き殺されたっちゃ。
テロっちゃ、
戦争っちゃ、
処刑っちゃ、
殺人っちゃ、
人は殺されてるっちゃ。

愛知の用水路で、
全裸の女性の遺体が見つかったっちゃ。
俺っち、
殺されるのは、
やだね、やだ、やだ。
人を殺しちゃいけねっちゃ。

俺っち、
長い柄のハンマーを
持ったことないっちゃ。
俺っちんちにゃ、
柄の長いハンマーは
無いっちゃ、
無いっちゃ。
人を殺しちゃいけないっちゃ。
ハンマー、

ハンマー。
ゾクゾク。

俺っちのこの部屋は、
すっごく平穏無事。
三度の食事に、
アローゼン顆粒一g呑んで、
五回のうんこ。
詩も書いてるっちゃ。
ゾクゾク。

大男がガッツイ手にシャベルを持って

俺っち、
どうしていいか、
わからんちゃ。
いい加減な大きさの、
軽いボールだっちゃ。
コロコロ、コロコロ、
坂を転がって行くっちゃ。
コロコロ、コロコロ、コロコロ。
コロコロ、ガッ、
ガッツッ。
鉄のシャベルだっちゃ。

大男だっちゃ。
怒り肩の大男が現れたっちゃ。
大男はガッツイ手でシャベルを摑んで
地面に穴をけっぽじって、
ボールを埋めたっちゃ。
コロコロを、
忘れろっちゃ。

俺っち、
どうしたらいいか、
わからんっちゃ。
コロコロっちゃ。

奴と俺っちとわからんっちゃ

俺っち
いきなり、
奴に脚を引っ掛けられたっちゃ。
土手の草むらに
仰向けにすっ転んで、
奴を見ると、
奴は笑っているっちゃ。
その顔が
なんとも言えない、
いい顔だっちゃ。
こいつは、

俺っちの
友だちだっちゃ。
仲間だっちゃ。
ハハハ、
ハハハ。

俺っち
立ち上がって、
尻の枯れ草を手で払って、
奴に近寄って、
笑ってる顔に、
柔らかく、
拳の一撃をお返ししたっちゃ。
ハハハ、
ハハハ。

俺っちがやられたのは、
俺っちに
隙があったからだっちゃ。
その俺っちの隙に
奴は、
俺っちの仮想敵になって、
その敵意を、
サッと感じて、
試したっちゃ。
敵は常に隙を窺ってるっちゃ。
その予防だっちゃ。
ハハハ、
いい奴っちゃ。

友だちか、敵か、

厄介だっちゃ。
共に生きてるって、
涙流して手を取りあった友だちが、
ある時突然、
手のひら返したように、
敵になっちまうってこと、
現実にあるんだっちゃ。
その心底の、
自己防衛は、
わからないっちゃ。
いや、わかってるっちゃ。
ワッハッハッ、
ハハハ。
奴がいつ手を裏返すか、
わからんっちゃ。
ワッハッハッ、
ハハハ。

権柄面のおっさんの顔にちょろい俺っちの顔

俺っち、
新聞紙にざらっと出てた
どこかのおっさんの顔付き見てさ、
頭を突き上げてて、
こいつどぎつい奴っちゃって、
感じた瞬間に、
俺っち、
自分に向って、
ほんと、俺っちって、
ちょろいなって、
言っちまってさ、

こん畜生、なんて顔だっちゃ。
おっさんの顔が、
凄え権柄面でよ。
横恣の横紙破りの面構えっちゃ。
こいつの脳味噌に何が詰まってるっちゃ。
俺っち、
自分の顔と比べちまってさ、
鏡で見ると、
ウホホッ、
確かに、俺っちの顔は
ちょろい、
ちょろい、
ちょろいって、
俺っちって、
また、
言っちまったっちゃ。
まあ、呑気なものだっちゃ。

ウホホッっちゃ。

ちょろいって、
明鏡国語辞典には
「考え方ややり方が安易であるさま。見えすいていて、おろかしい」って、
書いてあるっちゃ。
俺っちの生き方って、
安易は、ウホホッっちゃ。
見えすいてる、
確か、
その通り、その通りっちゃ。
権柄面のおっさんの顔はごついっちゃ。
座敷に通されて、
鰻を矢鱈に食ってるんか。
顎で人を動かし、
遠くから目配せで人を自殺に追い込んだって、

邪推したくなる顔っちゃ。
その眼が優しく見えるのが奇怪っちゃ。
やだね、その眼、その顔つき。
俺っちは独立個人っちゃ。
ちょろいっちゃ。
人の為はともかくも、
世の為なんて糞食らえっちゃ。
ちょろいっちゃ。
独りで立ってるって寂しいよ。
ちょろいっちゃ。
俺っち、
それが誇りよ。
自分独りを立てて、詩を書いて来たっちゃ。
詩集の数が、
大したことないけどプライドだっちゃ。
俺っち、
ちょろい顔で、

やってっちゃ。
ちょろい俺っちだから、
詩が書けると、
居直っちゃおう。
ウホホッ、
ウホホッちゃ。
ハッハッハッ。

俺っち赤ん坊を抱いたの何年振りだっちゃ

みつききぬよよしみつつばさの
尻取り名前家族が、
俺っちの、
家にやって来たっちゃ。
義光ちゃん、三ヶ月と一日、
三月ちゃん、七年零ヶ月十三日、
翼さん、三十三年八ヶ月二十五日、
絹代さん、三十四年四ヶ月二十日、
麻理、六十六年五ヶ月と九日、
俺っち、八十一年十カ月と六日。
わーいわーい、

生きた日にちの数が部屋に溢れたっちゃ。
みんな、生きているっちゃ。
三ヶ月と一日の義光ちゃん、よっちゃん、
義光坊よ、
これから事故に合わず病気せず、
事件にも戦争にも巻き込まれずに、
九十、百まで、
長い長い月日を生き抜いてくれっちゃ。
その時この世界はどんな世界っちゃあね。
俺っちはもういないっちゃ。
ホイホイ。

母親の絹代さんに抱かれた
義光くんは
喃語を口に、
父親の翼さんに渡されて、

俺っちの
この部屋の
テーブルの
椅子にちょこんと、
座らされ、
王子様よろしく、
頭をぐるりと回したっちゃ。
可愛いねえ。
そして次に、
お父さんから、
俺っちに、手渡されたっちゃ。
おう、おう、
俺っちは、
何年振りかで、
赤ん坊を抱いたっちゃ。
重いっちゃ、
重い。

頬を指先で触って見た。
ウッホッホッ、
ウッホッホッ。
義光ちゃん、
義光坊、
どんどん大きくなれっちゃ。

義光ちゃんは
お母さんの胸に抱かれて、
両方の乳房からおっぱいを飲んで、
両腕の中で、
ゆるゆる揺られて、
喃語をつぶやき、
眠っちまった。
満腹の至福に眠るって、
それが人が生きるってことっちゃ。

生き物ってことっちゃ。
おやおや、
俺っち、
赤ん坊を前に哲学かいな。
ウフフ、
ホイホイ。

関東大震災後のモノクロームがじわーっと来たね

俺っち、戸田桂太の
『東京モノクローム　戸田達雄・マヴォの頃』を、
詩に書き換えつつ、
じっくりと、
読み返してしまったっちゃ。
ガラガラ、
ガラガラポッチャ。
読み終わって、
詩に書いて、
じわーっと来たね。
長い詩になっちまったっちゃ。

東京モノクローム、
モノクローム、
関東大震災の後に、
マヴォイストたちなど、
多くの人と交わって、
自分の表現と生活を獲得して行く、
若い男タツオの姿が見えてくるっちゃ。
東京モノクローム、
モノクローム。

わたしの親友の
戸田桂太さんよ、
おめでとうです。
息子が書いたこの一冊で蘇った
今は亡き父親の戸田達雄さん
おめでとうです。

一九二三年九月一日
午前十一時五十八分から
三回の激震があったっちゃ。
関東大震災だっちゃ。
十九歳だった
戸田達雄さんは、
丸の内ビルヂングの
ライオン歯磨ショールームの地下の仕事場で、
切り出しナイフを砥石で研いでいたっちゃ。
ガラガラ、
ガラガラ。
あわてて地下から一階へ外へ逃げたということっちゃ。
その若者を「タツオ」と名付けて、
桂太は青年時代の父親を
一冊の本に蘇らせたっちゃ。

ガラガラ、
ガラガラ、
ガラガラポッチャ。

激震の直後に、
タツオは上司の指示で、
同僚の女の子を、
向島の先の自宅まで送り届けることになるのだっちゃ。
地震直後の、
炎を上げて燃え上がる街中を、
タツオと女の子は、
何処をどう歩いて行ったのか。
ギイグワギーッ、
グワグワ。
そこで、ドキュメンタリストの
戸田桂太が力を発揮するんざんすね。

東京市役所編『東京震災録　別輯』なんてのによって、
時間を追って燃え盛る街の中を
逃げ行く二人の足取りを蘇らせたっちゃ。
タツオが生きた身体で活字の中に現れたっちゃ。
俺っち、タツオと親しくなってしまったよ。
ガラガラポッチャ。

東京の街中を、
走り抜けるタツオ。
勤め先の若い女性を
丸ノ内から向島の
彼女の家族のもとに送り届けるために、
燃え広がる
東京の街を、
若い女性とともに、
走り抜けるタツオ。

ギイグワギーッ、
グワグワ。
膨大な震災記録を
縫い合わせて、
崩れた街の
日本橋から浅草橋へ、
更に、火の手を避け、
ギリギリのタイミングで、
吾妻橋で墨田川を渡って、
言問団子の先の堤で、
拡がってくる火におわれ、
猛火と熱風に煽られながら、
墨田川河畔を通り抜けて、
ギイグワギーッ、
グワグワ。
女の子を、
向島の奥の両親の元に届けたのだっちゃ。

ガラガラポッチャ。
タツオの足跡を
蘇らせた息子の桂太。
その夜は線路の上で、
尻取り歌を歌う老婆と過ごしたってこっちゃ。
ガラガラポッチャ、
超現実的な不思議な夜っちゃ。
直後の燻る焼け野を駆け抜ける身体で得た体験が、
父親の創造力の原点になってるってこっちゃ。
ガラガラポッチャ。
死者行方不明者が十万五千人超の関東大震災、
ガラガラポッチャ。
大震災を経験した
タツオがその後どう生きたかが
問題なんだ。
ガラガラポッチャ。
父親の人生を縦軸に、

東京の時代を語る
『東京モノクローム』が始まるんですね。
モノクローム、
モノクローム、
東京モノクローム。

大震災の年は、
前衛美術運動が沸騰した年でもあったってことだっちゃ。
タツオは五月の村山知義の展覧会で、
木切れ、布切れ、つぶれたブリキ缶などなどが縦横に組み込まれた作品を見て、
〈胸の奥底を揺すぶられるほど〉に、
仰天したってこっちゃ。
ガラガラポッチャ。
その村山知義、尾形亀之助らによって、
先端的な芸術運動の
「マヴォ」が六月二十日に結成されてたってこっちゃ。

そして、七月の「マヴォ第一回展」を見て、
村山知義の
〈「鬼気迫る」ような感じの盛られた作品に魅せられた〉
タツオの心はときめいたに違いないっちゃ。
そして知り合った尾形亀之助の魅力の虜になってしまうのだっちゃ。
ガラガラ、
ガラガラ、
ガラガラポッチャ。
マヴォ同人たちは
二科展に落選した沢山の作品を数台の車に積んで移動展覧会をやろうとしたが、
警官に阻止されてしまったってこっちゃ、
各新聞に掲載されて「マヴォ」の名は一躍世間に知られたってこっちゃ。
ガラガラポッチャ。
これが八月二十八日で、四日後の
九月一日に関東大震災が起こったのだっちゃ。
先端的芸術家たちの運動はどうなっちまうんだってこっちゃ。
ガラガラ、

ガラガラポッチャ。

面白いねえ、
戸田桂太さん。
大震災と芸術運動と重なったところに注目してるんだねえ。
「マヴォ」同人たちの心の変化、
そして我が主人公タツオの心の変化。
震災後、タツオは、
ライオン歯磨を辞めさせられることになった
同僚の故郷の北海道に一ヶ月の休暇を取って旅行する。
上司から三十円の餞別をもらったっちゃ。
東京モノクロームの焼け野原を頭に抱えて、
そこで絵を描いたってこっちゃ。
ガラガラ、
ガラガラポッチャ。
十二月に東京に戻り、

〈丸ビルのウガイ室の壁〉で、
北海道で描いた小品の展覧会をしたのだったたっちゃ。
翌年、タツオはライオン歯磨を辞めちまう。
画家として、表現者として自立したというこっちゃ。
食うや食わずの貧乏になるってこっちゃ。
ガラガラポッチャ。
タツオ、二十歳、
「マヴォ」に加盟して一番若いメンバーとなったのだっちゃ。
そして二、三ヶ月後の一九二四年の四月に、
タツオの郷里の前橋で「マヴォ展」が開かれて、
そこに萩原朔太郎が見に来たっちゃ。
ガラガラポッチャ。
展覧会終了後に「合作モニュメント作品」を進呈して、
朔太郎に喜ばれたというこっちゃ。
ガラガラポッチャ。
タツオが勤めていた
「ライオン歯磨宣伝部」の

敬愛する先輩の大手拓次から
萩原朔太郎の『月に吠える』の初版本を借りて、
その初版本を読んだっちゃ。
『月に吠える』の初版本、
ガラガラポッチャ。
『月に吠える』の初版本を
タツオは手にしたってこっちゃ。
〈首ったけに魅了されてしまい〉
何年も返さなかったというこっちゃ。
タツオは朔太郎に会えて嬉しかったに違いないっちゃ。
それはそうと、
子供向け絵雑誌の画料で暮らす
タツオの貧乏は壮絶なものだったってことだっちゃ。
ところがマヴォイストたちは、
自分たちの作品で収入を得ようと、
「マヴォ建築部」を作って、
バラックや店を黒山の見物人の前で、

歌を歌いながらペンキで塗って行ったということっちゃ。
タツオは風呂屋の富士山のペンキ絵も描いたってことっちゃ。
ガラガラ、
ガラガラポッチャ。

「マヴォ」とは縁が切れた
尾形亀之助を、
タツオは「亀さん」と呼んで
この不思議な魅力がある人物のとりこになっていたってことっちゃ。
ガラガラポッチャ。
〈美青年でお金持で、たいそうおしゃれで、
ネクタイをたくさん持っていて、
飯を食わせてくれて、絵の具を使わせてくれる、
そして、高価なものを行き当たりバッタリで買ってしまう〉
尾形亀之助は、
銀座でばったり会ったタツオを誘って、

二等車で上諏訪まで行ったっちゃ。
そこでただピンポンする、酒を飲むだけだったということっちゃ。
ガラガラポッチャ。
無為を楽しむ亀之助さんか。
「オレもう東京に帰りたくなっちゃった」と
二十一歳のタツオは一人で汽車賃をもらって帰ったということっちゃ。
タツオは亀之助とは違う人生を生きるってこっちゃ。
ガラガラポッチャ。

そして、タツオは、
東京では「マヴォ展」などに作品を発表して、
表現者として活躍を始めたのだっちゃ。
その時に、
タツオが玄関を間借りして寝起きしてた
同郷の親しい萩原恭次郎の、
震災の体験を踏まえた、

東京のダイナミズムに立ち向った、
図版や写真を使った構成物としての
衝撃的な詩集『死刑宣告』が出版されたっちゃ。
ガラガラ、
ガラガラ、
ガラガラポッチャ。
そこにタツオたちマヴォイストの、
リノカット版画が挿絵に使われてるってこっちゃ。
タツオはもはや尖鋭的な表現者になったのだっちゃ。
ガラガラポッチャ。
版画は震災体験に触発された白黒のモノクローム、
それが「東京モノクローム」、
モノクローム。
尾形亀之助は尾形亀之助で、
詩や絵画などの芸術表現を作家の収入に結びつけようと、
雑誌「月曜」を編集発行したってこっちゃ。
ガラガラポッチャ。

島崎藤村や室生犀星などの大家が寄稿し、
宮沢賢治が「オッペルと象」を発表し、
タツオも寄稿したりしたが、
資金回収もできずに失敗に終わってしまったってこっちゃよ。
ガラガラ、
ガラガラポッチャ。

その後、タツオは
薬局のショーウィンドウの飾り付けの仕事に精を出して、
仲間とともに、
広告図案社「オリオン社」をつくることになったってこっちゃ。
ガラガラ、
ガラガラポッチャ。
宣伝美術の仕事は時代の最先端を行く仕事だったっていうこっちゃ。
美術家集団の「マヴォ」は、
風刺漫画を描いたりする社会的思想的行動派と、

ショーウィンドウを飾る商業主義に直結した街頭進出傾向との、
二つの流れを作ったたってこっちゃ。
ガラガラポッチャ。
大震災から二年余りで設立した「オリオン社」は、
時代の流れに乗って、どんどん成長して行き、
東京のど真ん中、銀座に事務所を構えて、
十年後には、株式会社となっちゃって、
タツオは戸田達雄専務取締役になるのだっちゃ。
ガラガラ、
ガラガラポッチャ。
尾形亀之助とはどうなったか。
少し羽振り良くなったタツオが、
趣味の銃猟で撃ったツグミなどの小鳥を持って、
久しぶりにそれで一杯やろうって、
亀之助を訪ねると、
雨戸を閉めた真っ暗な部屋で、
〈亀さんは一升罎の酒を手で差し上げ、雨戸の節穴から差し込む細い太

陽光線をその墻に受けて「ホタルだ、ホタルだ」と歓声をあげてはラッパ飲みをし、次々とラッパ飲みをさせているところだった。〉
タツオは、
〈これはいけない、別世界へ迷い込んでしまったと思って、すぐに外へ出た。そして逃げるようにその家を後にして歩き出した。〉
ガラガラ、
ガラガラポッチャ。
それ以来、タツオは尾形亀之助に会っていない。
東京モノクローム、
モノクローム。
関東大震災から八十八年後に東日本大震災が起こったっちゃ。
戸田桂太は、
〈そこに生きた個人の気分にふれたいという思いを懐いただけ〉という
こっちゃ。
ガラガラ
ガラガラポッチャ

タツオは、
震災後の若い芸術家たちの中で、
生きるための道を探り歩いて行ったんですね。
息子の戸田桂太は
その青年の父親を、
見事に蘇らせた。
親友のわたしは嬉しいです。
ラン、ララン。

ところで、
俺っちの親父さんは
若い頃、何してたんだろ。
戦災で辺りが燃えて来たとき、
親父から、
「何も持つな、

身一つでも逃げろ」って、
言われたっちゃ。
ああ、あれが、
親父の大震災の体験だっちゃ。
ガラガラポッチャ。
聞いた話って言えば、
若い頃、下町の亀戸で
鉢植えの花を育てて、
大八車に乗せて、
東京の山の手に
売りに行って、
下りの坂道で、
車が止まらなくなってしまって、
困った困ったって、
話していましたね。
大八車に押されて、
すっ飛ぶように走ってる

若い親父さん。
いいねえ。
ラン、ララン。

＊ 本文中には、戸田桂太著『東京モノクローム 戸田達雄・マヴォの頃』（２０１６年、文生書院刊）からの多数の引用があります。〈 〉内は本文そのままの引用。

引っ越しで生まれた情景のズレっちゃ何てこっちゃ

詩人のさとう三千魚さんが引っ越しちゃった。
「さよなら、新丸子」のFacebookの投稿だっちゃ。
前の座席の背後の写真だっちゃ。
さとうさんは車の後ろの座席からスマホで撮ったたっちゃ。
「新丸子から先程、しぞおかに帰ってきました。
あの洋品店のウィンドウの老姉妹や、
帰りの裏道の花たちをもう見ることはないんですね。」
って、
日々を追ってFacebookに投稿されてた、
老姉妹のあの洋品店のウィンドウの写真、
夜の闇に吊るされてたセーターの写真、

帰りの裏道の花たちの写真、
それを、
俺っちも、
もう見ることはないっちゃ。
ここが、実は、極めての、
問題なんっちゃ。
さとう三千魚さんはコメントに、
「意味を持たずに堆積した記憶がわたしたちの自己の意識を形成していますね。
ことばはその堆積から生まれる萌芽でありましょうか。」
って、書いてるっちゃ。
日頃の生活で、
どんなふうに詩が生まれてくるかってこっちゃ。

人が生きてそこに居れば、
そこにその人を囲む、
ぐるりの情景が生まれるっちゃ。

「新丸子には、13年程住みましたが、
週末には静岡に帰っていましたので静岡と東京を行ったり来たりしている感じですね。」
って、
さとうさんは、
週始めに、
新幹線で静岡から東京に、
その早朝の
「ひかり 5号車、通路にて」の車窓からの写真、
熱海辺りの遠い海と流れる家。
その週末に、
静岡への夜の車窓から、
「つばさ 15号車2番D席」で、
縦横に並んだマンションの窓の灯り。
そして、
翌朝、
「good morning moco !
good sunday everyone !!!」

愛犬に挨拶、
SNSの徘徊者に挨拶。
そして海辺に散歩して、
「海辺にて」の写真。
磯辺に波が寄せてるっちゃ。
三千魚さんの写真はほとんどお決まりの写真。
お決まりの生活から撮られた
お決まりの写真。
ウフフ、
それがいいのだっちゃ。

さとう三千魚さんは
詩を書く。
言葉を書くって、
もともと、
権力者が支配の定めを書いたってところから、

始まったっちゃあね。
だからさ、
個人が
行き先の定まらない言葉を書くっちゃってことはさ、
己れの生きる権利の行使なんっちゃ。
貨幣に組み込まれたお決まりの生活、
お決まりの生活で産まれる言葉、
個人の感情の言葉、
個人の思考の言葉、
個人と個人の連繋の言葉、
俺っちたちは、
そこに生きてるってこっちゃ。
さとう三千魚さんは、
お決まりの生活して、
「左手でiPhoneを持って、
右手の親指でiPhoneの丸いボタンを押して」
お決まりの写真を撮って、

頭の中に、
詩の言葉が生まれたっちゃ。
そして、
その言葉を書いたってこっちゃ。

これがさとう三千魚さんの詩だっちゃ。

貨幣について、桑原正彦へ　28
投稿日時：２０１７年3月15日

昨日は
ライヒのCome Outを聴いて

東横線で帰った
目をつむってた

ライヒは

外に出て彼らに見せてやれ
そう言ってた

外に出ろ
そう言った

新丸子で降りて

夜道を
帰る

老いた姉妹のウィンドウの前で佇ちどまる
重層した声が外に出ろと言った

さとう三千魚さんは引っ越しちゃった。
川崎の新丸子から
もともと住んでる静岡の下川原へ引っ越しちゃった。
もう老いた姉妹のウィンドウの前で佇ちどまることはないっちゃ。
このズレっちゃ、
このズレっちゃ。
ズレるとそれまで見えなかった姿が見えてくるっちゃ。

「引越し、やっと終わりました。
これから片付けが大変です。」
なんとも意味深い片付けだっちゃ。
言葉を書くと、
言葉の形が出てきちゃう、
形と意味とのぶつかり合い、
そこんところで、
言葉をぶっ壊す力が
要るんだっちゃ。
「外に出ろ」
ぶっ壊す力、
ぶっ壊す力、
それが、
俺っちの心掛けっちゃ。
ウフフ、
ハハハ。

とがりんぼう、ウフフっちゃ

尖った
尖った
とがりんぼう、
ウフフ。
とがりんぼう、
ウフフっちゃ。
ウフフ。

春だなあ、
四月も半ば、

夕方の日差しがながーく、
キッチンの床に射し込んでるっちゃ。
こんな一日もあるっちゃ。
とがりんぼう、
ウフフ。

とがりんぼうっちゃ、
何ね。
俺っちの、
禿げてきた
頭のてっぺんってか。
ウフフ。
違う、違う、
違うっちゃ。

尖った、
尖った、
とがりんぼう。
ウフフ。
春の気分の、
とがりんぼう。
ウフフ、
ウフフ。

続とがりんぼう、ウフフっちゃ

急げ、
急げ、
追いかけろ、
攫まえろ、
とがりんぼうを
攫まえろ。
それしかないっちゃ。

夜明け前の
三時を回ったところだっちゃ。

目が覚めたっちゃ。
今や、
とがりんぼうは、
外に出たっちゃ。
ということは、
中に入ったってこっちゃ。
二本杖でも外歩きできない、
ベッドに横になってる
俺っちの
頭の中に、
入っちまったってこっちゃ。
外へ出るのが中に入るって、
とがりんぼうは、
ややこしいこっちゃ。
出たり入ったり、
入ったり出たり、
ややこしいこっちゃ。

とがりんぼう、
ウフフ、
ウフフっちゃ。

世が明けたっちゃ。
中の中で、
追っかけろ、
外の外で、
追っかけろ、
捕まえろ、
とがりんぼうを、
捕まえろ。
iPadで、
摑まえろ。
腹へったっちゃ。
せんべい一枚口にして、

とがりんぼうを
掴まえろ。
とがりんぼうは
掴みどころがないっちゃ。
つるつるつるーん。
捕まえても、
ツルリンボーって、
すり抜けて、
逃げちゃうっちゃ。
俺っちの、
このごっつい手じゃ、
掴めねえな。
ほら、もう、
中の中の、
外の外の、
セブンイレブンの角を曲がって、
見えなくなったっちゃ。

げそっと来ちゃうぜ、
とがりんぼう、
ウフフ、
ウフフっちゃ。

とがりんぼう、
とがりんぼう、
尖ってるのは、
俺っちの
言葉の切っ先か。
つるつるつるーんは、
俺っちの気分か。
つるつるつるーんを
被った
尖った言葉が
外の外の、

中の中の、
セブンイレブンの角を曲がって、
何処かに行っちゃった。
ツルリンボー、
今朝もまた、
摑まえるのに失敗だっちゃ。
げそっと来るんだっちゃ。
とがりんぼう、
ウフフ、
俺っちには、
それしかない
とがりんぼう、
ウフフ、
ウフフだっちゃ。

続続とがりんぼう、ウフフっちゃ

とがりんぼう、
逃げちまった
とがりんぼう、
って、唱えて、
朝食のトーストを食べて、
朝日新聞を読んでたら、
八十八歳の数学者の
佐藤幹夫さんが弟子たちに言い伝えた言葉が出ていたっちゃ。
「朝起きた時にきょうも一日数学をやるぞと思っているようでは、ものにならない。数学を考えながらいつの間にか眠り、目覚めた時にはすでに数学の世界に入っていないといけない」*

ってね。
すげえ没頭に集中だっちゃ。
きっと、弟子たちは、
ご飯食べてる最中にももちろん数学、
うんこしてる最中にももちろん数学。
これだ、これだとばかり、
早速、俺っち、
この言葉をもらったっちゃ。
「朝起きた時にきょうも一日とがりんぼうをひっ捕まえて詩を書くぞと思っているようでは、ものにならない。とがりんぼうを尖らせ詩を考えながらいつの間にか眠り、目覚めた時にはすでに詩の世界に入っていないといけない」
ってね。
これぞ、
とがりんぼうを
確実に尖らせるやり方だっちゃ。
さあ、摑まえるぞ。

さあ、尖らせるぞ。
さあ、詩を書くぞ。
とがりんぼう、
とがりんぼう、
ウフフ、
ウフフっちゃ。

ものにならない、
ものになる、
ものにならない、
ものになる。

ものになる
数学って、
なんじゃい。

人類の数学史に残る公理の発見っちゃ。
とがりんぼうを
摑まえて、
尖らせ、
ものになる
詩って、
なんじゃ。
人類の詩の歴史に傑作を残すってことかいなあああ。
ケッ、アホ臭。
俺っちが、
とがりんぼうの
尖った先で、
言葉を書くと、
その瞬間、
火花散って、
パッと燃え尽き、
灰になっちゃうってこっちゃ。

そこに、
新しい時間が開くっちゃ。
嬉しいって、
素晴らしいって、
ウフフ、
ウフフっちゃ。

まあ、
仮に、此処に、
八十二になる老人が居てねっちゃ、
とがりんぼうを、
尖らせろ、尖らせろ、
つるつるつるーんを、
引っぱがせ、引っぱがせ、
ってね、四六時中、
食事しながら、

うんこしながら、
とがりんぼうを
追いかけてるっちゃ。
でもね、飴舐め舐めテレビ見ちゃう。
つい、飴舐めちゃう。
口が甘あくて幸せだっちゃ。
そこでね、
とがりんぼうに逃げられちゃうってわけさ。
それでも、
とがりんぼうを、
追い回してて、
詩が、
ものになるかどうか。
遠いところで頭を掠め、
やがて、此処に、
不在がやって来るっちゃ。
本当、世の合理は酷いってこっちゃ。

つるつるつるーん、
ツルリンボー。

＊ 朝日新聞2017年4月9日朝刊。佐藤幹夫（88）・ノーベル賞と並ぶとされるウルフ賞受賞、京都大学名誉教授。京都大学数理解析研究所元所長が弟子に伝え、語り継がれる言葉——とある。

昨年六月の詩「雑草詩って、
俺っちの感想なん」を書き換える

俺っち、
自分が去年の六月に書いた詩を、
書き換えたっちゃ。
書いた詩を書き換えるっちゃ、
初めてのこっちゃ。
雑草詩って比喩の
使い方が
気に入らないっちゃ。
印刷された縦書きの詩行を、
こりゃ、

雑草だっちゃってね、
決めつけて、
ひとりで盛り上がったのが、
去年のことだっちゃ。
それが失敗だっちゃ。

去年出した新詩集の
『化石詩人は御免だぜ、でも言葉は。』の
校正刷りがどさっと届いたっちゃ。
紙の束を開いて、
横に書いた詩が、
ぜーんぶ、
縦に印刷されてるじゃん。
当たり前っちゃ。

Webの「浜風文庫」に発表した時には、
横書きっちゃ。
詩集にすると、
縦書きっちゃ。
紙の上に、
縦に印刷されてきた
校正刷りを、
二回読んだ感想なん、
日頃のことが書かれた
詩の行が縦に並んでるじゃん、
雑草が、
ひょろひょろ、
ひょろひょろ、
って、生えてる。
こりゃ、
雑草が生えてるん、
ページをめくると、

また、雑草、
また、雑草、
抜いても抜いても生えてくる
雑草じゃん。
俺っちが書く詩は、
雑草詩じゃん。
と、まあ、
俺っちは
盛り上がってしまったっちゃ。
これがまず失敗だっちゃ。
雑草の比喩に、
引っかかっちまったってこっちゃ。

俺っちは、
雑草って呼ばれる草の
ひとつひとつの名前を

ろくに知らないっちゃ。
いい気なもんだっちゃ。
今年になって、
木村迪夫さんの詩を読んだら、
その名前が
ちゃんと書いてあったっちゃ。
蓬、野蕗、茅萱、薊、芝草、藺草、蒲公英、
びっき草、へびすかな、どんでんがら、ぎしぎし――
見たことない草もあるけど、
俺っちも、子どもの頃に、
蓬を摘んで、
草餅食ったこともあったっちゃ。
詩の一行一行も、
書かれた言葉は、
それぞれ違った姿で立ってるんじゃ。
一緒くたにするな、
馬鹿野郎、

俺っちって馬鹿だね。
無名の、
雑草って一絡げしちまってさ。
道端に繁茂する
雑草のイメージに酔っちまってさ。

雑草を、
無用な草、
価値のない草、
その比喩に、
俺っち自身の詩の言葉を乗せちまって、
でも、
生命力が強い存在って、
ことで、
自身の詩を持ちあげちまってね。
この思いつきは、

俺っちにして、すすっ素晴らしいぜ。
なんてね、
盛り上がっちゃったってのが、
またまた、
失敗だっちゃ。
踏まれても、
引き抜かれても、
生えてくる
雑草。
貶されても、
無視されても、
どんどん、
どんどん、
書かれる
雑草詩。
いいじゃん、
じゃん、じゃん

ぽん。
って、
いい気なものでしたってこっちゃ。

雑草って比喩は、
有用な栽培植物に向きあってるってこっちゃ。
有用が片方にあるってこっちゃ。
有用な詩ってなんじゃい。
評価される詩か、
ケッ、
評価の土俵ってか、
アクチュアルのグランドってか、
まあ、そこから、
なかなか身を引けないねえ。
そんで、もって、
雑草詩って盛り上がっちゃったってわけさ。

俺っち、
雑草詩を書き続けるっちゃ。
無用の詩を書き続けるっちゃ。
格好悪い詩を書き続けるっちゃ。
格好悪いが格好いいっちゃ。
俺っちの
ひとりよがりのヒロイズムじゃん、
いいじゃん、
じゃん、
ぽん。
じゃん、
ぽん。

そこでちょっと、
詩を書くって、
ひとりで書くってこっちゃ。

ひとりよがりになりがちだっちゃ。
でもね、
誰かが読んでくれると、
嬉しいじゃん。
共感が欲しいじゃん。
読んだら、
話そうじゃん、
話そうじゃん。
じゃん、
じゃん、
ぽん。

改稿　俺っち日本人だっちゃ

俺っち
国賊になれっちか。
そりゃ、無理だ。
ワーッテンドロン、
ワーッテンドロン。

俺っちは。
日頃、
日本語で生活してるんで、
母の言葉を覚えた時から、

話すのも読むのも、
頭の中は、
日本語。
英語もフランス語も
学校で習ったけど使えない。
もっぱら、
日本語。
日本語って意識もせずに、
日本語っちゃ。
俺っちは
日本人という自覚はあるっちゃ。
でもね。
俺っちの、
日本国民って自覚となると、
どうも、踏ん張れないっちゃ。
オリンピックで日本の選手が金メダル取ると、
ちょっと嬉しい気になっちまうってとこ、

関係ないとも言えないし、
そこがあやしいっちゃ。
日本国が戦争したら、
敵に向って、
一致団結なんて御免だっちゃ。
嫌だっちゃ。
俺っちの人生には、
日本国民って自覚するシーンが、
なかったのよ。
子どもの頃に、
小国民とされたことはあったけど、
そこにわだかまってるんかな。
外国に行ったこともないから、
国籍を問われることもなかったっちゃ。
まったく無自覚に、
日本の国土に住み、
税金を納め、選挙で投票して、

生きて来てしまったっちゃ。

ですね。
俺っちは、
日本国民。
税金を納め、
年金で生活してる。

ところが、
二〇一六年八月八日午後三時
今の天皇の
「ビデオメッセージ」が
ＮＨＫのテレビで
公表されたっちゃ。
高校野球の甲子園中継を見てた

俺っちは、
それを見てしまったっちゃ。
天皇は、
国民、国民って言ってるっちゃ。
天皇の象徴の務めが
果たせなくなりそうだから、
「生前退位」をしたいということらしいっちゃ。

「天皇として大切な、国民を思い、国民のために祈るという務めを、人々への深い信頼と敬愛をもってなし得たことは、幸せなことでした。」

被災地で膝ついて人びとと話す姿を思いだすっちゃ。

「既に八十を越え、幸いに健康であるとは申せ、次第に進む身体の衰えを考慮する時、これまでのように、全身全霊をもって象徴の務めを果たしていくことが、難しくなるのではないかと案じています。」

「これからも皇室がどのような時にも国民と共にあり、相たずさえてこの国の未来を築いていけるよう、そして象徴天皇の務めが常に途切れることなく、安定的に続いていくことをひとえに念じ、ここに私の気持ちをお話しいたしました。国民の理解を得られることを、切に願っています。＊」

これ、
天皇が語った言葉だっちゃ。
日本語で語られた言葉だっちゃ。
普段は忘れてる、
直接目にしたことない、
天皇がテレビから、
こちらを見てたっちゃ。

日本国憲法第一条
天皇は、日本国の象徴であり日本国民統合の象徴であって、この地位は、主権の存する日本国民の総意に基く。

ってことのね、
生活の中で実感が
俺っちには、
ピンとこないっちゃ。
統合されちゃっているって、
俺っちの意志を超えて、
一つにされちまってるってことっちゃ。
ああ、
それが日本国民ってこっちゃ。
憲法にある「象徴」の意味が、
俺っちには、
よくわからなかったが、
「ビデメッセージ」によれば、
「象徴の務め」って、
「国民を思い」
「国民のために祈る」
「国民と共に」

「国民の理解を得る」
一人の人間が、
年老いるまで
これをやって来たってことだっちゃ。
俺っち、
そんなこと、
思ったことも、
考えてみたことも、
なかったっちゃ。

天皇って、
ずぅっと、
居るんだっちゃ。
俺っちらの見えない所で
剣と八咫鏡と勾玉の
三種の神器と璽を継承した

生きてる人なんだっちゃ。
国体が維持されるっちゃ。
内閣を承認し、
国会を開会し、
文化勲章を授与し、
なんて、
国家的権力と
国家的権威の
ピラミッドを
がっちりと
支えてるってこっちゃ。
この国で、
八十年余りも、
俺っち、
生きて来たっちゃ。
ワーッテンドロンっちゃ。
ワーッテンドロンっちゃ。

＊　朝日新聞２０１６年８月９日朝刊。

俺っち、おっさんの後ろ姿が忘れられませんっちゃ

敗戦直後のころだっちゃ。
小学生の俺っち、
でっかい工場の脇の、
学校の帰り道で、
目の前に落ちてた札束を
拾ったっちゃ。
と、
前を見ると、自転車に乗った
おっさんがいたっちゃ。
「おじさん、落し物だよ」って、
そのおっさんに

札束を渡しちゃったのさ。
札束を持って、
おっさんはさっと行っちまったっちゃ。
家に帰って、
兄に話したら、
そのおっさんの札束か
分かんねえじゃねえか
って言われて、
俺っち、がっくりしたっちゃ。
それが七十年余り経っても忘れられませんっちゃ。
亀戸八丁目の国鉄の踏切を越えて、
行っちまったおっさんの
後ろ姿が忘れられませんっちゃ。
ふと、思い出すっちゃ。

俺っち、ガラスの鉱脈を見つけたっちゃ

「鉱脈があったぞお」って、
小学四年か五年の
俺っちが
叫んだかどうかは、
忘れちまったが、
敗戦後の焼け跡の
瓦礫の下には、
ガラスの鉱脈があったっちゃ。
掘れば、
ザクザクと
壊れたガラスの破片が

出てくる場所があったっちゃ。
大きなガラス戸が、
戦災の時に焼夷弾で、
焼けて倒れたところっちゃ。
俺っちら子どもは、
そのガラスの破片を掘り出して、
三丁目の小さなガラス工場に売って、
小遣い稼ぎをしてたっちゃ。
ビール瓶や酒瓶の破片は安く、
透明なガラスは高く、
クリーム瓶や花瓶の破片は
一番高く売れたっちゃ。

掘り出したガラスの破片を、
箱に選り分けて、
工場の焼け跡から見つけて来た台車に乗せて、

ガラガラって引っ張って行ったっちゃ。
三円か五円か稼いで、
駄菓子屋に行って、
空腹を満たすってこっちゃ。
駄菓子屋では、
当たりのある籤を売っていて、
「当たれっ」って、
叫んで、
ボール紙に貼りついた菓子を剝がすと、
外れで、
がっかり、
外ればかりだっちゃ。
絶対に当ててやるって
俺っち、
ガラス屑を売ったゼニをはたいて、
その当たりのある籤をボール紙ごと、
買っちまったのさ。

そうして、
一人で、
外れも、
当たりも、
ひとつひとつ、
剝がして行ったっちゃ。
当たりが出ても、
景品を貰っても、
嬉しくもなく、
ちーっとも、
面白くなかったっちゃ。

俺っち、国電乗り回し遊びしたっちゃ

戦後の、
国電がものすごく混んでてて、
乗客がはみ出して、
電車の連結器の上の、
鉄板に乗っていた頃に、
俺っちら小学生の間で、
国電乗り回し遊びが、
流行っていたっちゃ。
亀戸から隣の錦糸町までのキップで、
総武線の下り千葉終点まで行って戻って、
その間に駅名を覚えるっちゃ。

上りは中野終点まで行くっちゃ。
中野駅ホームは夕焼けだったっちゃよ。
途中の秋葉原で山手線に乗り換えて、
山手線を一周するってこともあったっちゃ。
混んでる車内で、
窓ガラスに顔を、
ぎゅっと押しつけられて、
飽かず車窓から眺めてたっちゃ。
錦糸町から歩いて帰る途中に、
覚えた駅名を暗唱するっちゃ。

俺っち、
大人がやってる、
連結器の上の鉄板に、
乗ったことがあったっちゃ。
颪にあおられ、

電車が揺れるのが恐怖だったっちゃ。
電車が平井を過ぎて、
荒川鉄橋に差し掛かると、
レールの下の、
ずっとずっとずっと下の、
川面のさざ波が
頭に焼きついたっちゃ。
次の新小岩に着くと、
ホームに跳び降りて、
ガクガク震える
両脚を、
抱きしめたっちゃ。

俺っちの家族が皆んな笑ってたっちゃ

焼け跡で遊んで、
腹へったあ、って、
家に帰ったら、
皆んなが、
大きな口を開けて、
笑ってたっちゃ。
ワッハッハッ、
アッハッハッ、
ハッハッハッ、
ヒョッヒョッヒョッ。
おふくろも、

親父も、
爺さんも婆さんも
兄も、
大口を開けて
笑ってるっちゃ。
おふくろは
身体を二つに折って、
笑ってるっちゃ。
何だか分からないけど、
俺っちも、
笑っちまったっちゃ。
敗戦後の、
一年経った頃のこっちゃ。
笑ってからは、
玄米を入れた一升瓶に棒を突っ込み、
棒を押し込み、
ザックザックザックってね、

精米したっちゃ。
夕ご飯は、
かぼちゃ入りのすいとん、
毎日かぼちゃ、
かぼちゃ、
うんちが
黄色くなっちまったっちゃ。
アッハッハッ、
アッハッハッ。

あとがき

三年連続で詩集を出せたのは良かった。嬉しいです。かまくら春秋社季刊「星座」二〇一六年夕鐘号No.79に発表した「木の魚眼写真をいつも見ているっちゃ」以外の作品はすべてさとう三千魚さんのWeb詩誌「浜風文庫」に発表した。FacebookやTwitterにリンクされていて、そこに投稿されると、読んだ人が押すそれぞれの「いいね」ボタンや「コメント」、そして「シェア」に読者の反応が出る。その「いいね」や「コメント」や「シェア」の数が励みになって詩を書き続けられたということもある。ボタンを押してくれたみなさんに感謝です。それから、毎月それぞれが作品を持ち寄って話し合う「ユアンドアイの会」のみなさんと顔を合わせるのが楽しく、詩を書く力を貰った。ありがとうです。もう高齢で体調が良いとは言えない状態で、まあ、とにかくよく詩を書いた。そして三年も続けて詩集を出すことができた。ほんと、嬉しいです。

「浜風文庫」のさとう三千魚さん、「星座」編集部の井上悦子さん、お世話になりました。ありがとうございます。そして今度も装丁を快く引き受けてくださった海老塚耕一さん、ありがとうございます。また、書肆山田の鈴木一民さん、大泉史世さん、校正を担当してくださった方、ありがとうございます。それから、俺っちとしては食べ物に気を使いこまごまとした介護で三年連続の詩集出版を支えてくれた麻理さんに何と言ったらいいっちゃ、ありがとう。

二〇一七年七月一日　　鈴木志郎康

同じ著者による詩集——

『新生都市』（新芸術社／一九六三年）
『罐製同棲又は陥穽への逃走』（季節社／一九六七年）
『現代詩文庫・鈴木志郎康詩集』（思潮社／一九六九年）
『家庭教訓劇怨恨猥雑篇』（思潮社／一九七一年）
『やわらかい闇の夢』（青土社／一九七四年）
『完全無欠新聞とうふ屋版』（私家版／一九七五年）
『見えない隣人』（思潮社／一九七六年）
『家族の日溜り』（詩の世界社／一九七七年）
『日々涙滴』（河出書房新社／一九七七年）
『家の中の殺意』（思潮社／一九七九年）
『わたくしの幽霊』（書肆山田／一九八〇年）
『新選現代詩文庫・鈴木志郎康詩集』（思潮社／一九八〇年）
『生誕の波動——歳序詩稿』（書肆山田／一九八一年）
『水分の移動』（思潮社／一九八一年）
『融点ノ探求』（書肆山田／一九八三年）

『二つの旅』（国文社／一九八三年）
『身立ち魂立ち』（書肆山田／一九八四年）
『姉暴き』（思潮社／一九八五年）
『手と手をこするとあつくなる』（飯野和好の画による絵詩集／ひくまの出版／一九八六年）
『虹飲み老』（書肆山田／一九八七年）
『少女達の野』（思潮社／一九八九年）
『タセン（躱閃）』（書肆山田／一九九〇年）
『遠い人の声に振り向く』（書肆山田／一九九二年）
『現代詩文庫・続鈴木志郎康詩集』（思潮社／一九九四年／『新選現代詩文庫』の改版）
『石の風』（書肆山田／一九九六年）
『胡桃ポインタ』（書肆山田／二〇〇一年）
『声の生地』（書肆山田／二〇〇八年）
『攻勢の姿勢1958―1971』（書肆山田／二〇〇九年）
『ペチャブル詩人』（書肆山田／二〇一三年）
『どんどん詩を書いちゃえで詩を書いた』（書肆山田／二〇一五年）
『化石詩人は御免だぜ、でも言葉は。』（書肆山田／二〇一六年）

とがりんぼう、ウフフっちゃ＊著者鈴木志郎康＊発行二〇一七年七月三一日初版第一刷＊装画海老塚耕一＊発行者鈴木一民発行所書肆山田東京都豊島区南池袋二-八-五—三〇一電話〇三-三九八八-七四六七＊印刷精密印刷ターゲット石塚印刷製本日進堂製本＊ＩＳＢＮ九七八-四-八七九九五-九五七-七